CB063994

Coleção ESPELHO DO MUNDO

George Popescu

CALIGRAFIA SILENCIOSA

Seleção e tradução
MARCO LUCCHESI

ROCCO
JOVENS LEITORES

Coleção **ESPELHO DO MUNDO**

George Popescu
CALIGRAFIA SILENCIOSA

Seleção e tradução
MARCO LUCCHESI

ROCCO
JOVENS LEITORES

Copyright do texto © 2015 *by* George Popescu
Copyright da organização © 2015 *by* Marco Lucchesi

Direitos desta edição reservados à
EDITORA ROCCO LTDA.
Av. Presidente Wilson, 231 – 8º andar
20030-021 – Rio de Janeiro, RJ
Tel.: (21) 3525-2000 | Fax: (21) 3525-2001
rocco@rocco.com.br | www.rocco.com.br

Printed in Brazil / Impresso no Brasil

ROCCO JOVENS LEITORES

GERENTE EDITORIAL
Ana Martins Bergin

EQUIPE EDITORIAL
Elisa Menezes
Larissa Helena
Milena Vargas
Manon Bourgeade (arte)
Viviane Maurey

ASSISTENTES
Gilvan Brito (arte)
Silvânia Rangel (produção gráfica)

REVISÃO
Sophia Lang
Wendell Setubal

PREPARAÇÃO DE ORIGINAIS
Diana Denov

PROJETO GRÁFICO
Rafael Nobre | Babilônia Editorial

CIP-BRASIL. CATALOGAÇÃO NA FONTE.
SINDICATO NACIONAL DOS EDITORES DE LIVROS, RJ

Popescu, George
P864c   Caligrafia silenciosa / George Popescu; seleção e
tradução Marco Lucchesi – Rio de Janeiro: Rocco Jovens
Leitores, 2015 – Primeira edição.
    (Espelho do mundo)
    ISBN 978-85-7980-236-2
    1. Poesia romena. I. Lucchesi, Marco. II. Título. III.
Série.
14-18592   CDD: 028.5   CDU: 087.5

O texto deste livro obedece às normas do
Acordo Ortográfico da Língua Portuguesa.

Impresso na Gráfica JPA Ltda., Rio de Janeiro – RJ.

nepoțeilor mei, Matei și Robert,
spre a găsi în viitorul lor trecutul meu

aos meus netos Matei e Robert,
para encontrar em seu futuro o meu passado

SUMÁRIO

PREFÁCIO AO LEITOR BRASILEIRO 9

CALIGRAFIA SILENCIOSA 17

18 L'espace du dedans | **L'espace du dedans** 19

20 Somn răsucit | **Sono introvertido** 21

22 La masă cu Dumnezeu | **À mesa com Deus** 23

24 Probă de om | **Prova de homem** 25

26 Cuțitul nemilos și grijile mecanice | **A faca impiedosa e as preocupações mecânicas** 27

28 Cerul pe mâini | **O céu nas mãos** 29

30 Moartea vine și pleacă | **A morte chega e vai-se embora** 31

34 Experimentum crucis | **Experimentum crucis** 35

36 O disperare în plus | **Um desespero a mais** 37

38 Fluturi orbi | **Borboletas cegas** 39

ARS MORIENDI 43

44 Iarna înghite crima | **O inverno engole o crime** 45

46 Marginea se revoltă | **A margem se rebela** 47

48 Numai foamea înflorește | **Somente a fome floresce** 49

50 Adormirea semnului | **O adormecer do sinal** 51

52 Arderea de unghii | **Unhas em chamas** 53

54 Sărbătoarea dezastrului | **A festa do desastre** 55

56 Insidiosul pact cu iarba duminicală | **Pacto insidioso com a relva dominical** 57

58 Fericirea de după moarte | **A felicidade depois da morte** 59

62 Seduc sângele homeric | **Estou seduzindo o sangue homérico** 63

66 Trăsura crimei | **A carruagem do crime** 67

70 Dezordinea fricii | **A desordem do medo** 71

72 Ananasul sfidează... | **O abacaxi desafia...** 73

74 Probă de identitate | **Prova de identidade** 75

76 Șoarecele lui Kafka | **O rato de Kafka** 77

NOTA 78

PREFÁCIO AO LEITOR BRASILEIRO

PREFÁCIO AO
LEITOR BRASILEIRO

O que é a poesia? Uma das mais antigas questões do mundo, tão antiga quanto o assombro do primeiro homem, contemplando o infinito do mar e aquele átimo fulgurante, segundo Lucian Blaga, onde nasce precisamente a poesia. Tentar uma resposta seria ofender a natureza originada dentre as mais esplêndidas e instrutivas gratuidades da vida. Gratuidade mais que "produtiva", mesmo que seus frutos não tenham preço, mercado, apenas um valor, que move toda a substância do humano.

E o poeta? Dos primeiros homens no Oriente, examinando o céu por meio das letras da terra, água e areia para dar voz ao tumulto da alma, abraçando uma inverossímil gama de sons (escritos ou musicados) até os dias de hoje, como este prefácio que agora escrevo, cercado pelas páginas deste livro, todo poeta foi e permanece um pobre caçador de si. Possuído pela gratuidade, sempre à espreita junto ao covil da caverna — não exatamente platônica — onde vela aquele "estar-aí" de Heidegger, à espera de sua precisa *gramática*.

O poeta não sai à caça de "sombras" (máscaras ilusórias de nossa identidade, feridas na escuridão da metáfora), mas à procura da luz dos primórdios, perdida nos escaninhos das origens. A palavra poética não tem e não busca um *lugar*; ela é o *não lugar*, vive sempre a caminho, em toda parte, porque o poeta sabe socraticamente que não sabe. Confidente do Nada, ele é um inocente absoluto, um *naïf*, como um menino que brinca com todos os dons da Terra. Como um anjo num voo noturno para consolar aquele que, arrastado pela angústia, está prestes a cair nas trevas do desespero.

A poesia é um testemunho, o poeta, a testemunha. Dá testemunho daquilo que deveria ter sido — ou que provavelmente foi — e se perdeu com a decadência do Logos, causada pelos desvios inquietantes do Sentido. Testemunha da perda de identidade que o indivíduo sofre dentro de uma História estranha e indiferente àquele Sentido originário.

A poesia não é magia, mas exercício ascético da Palavra. Não é ciência, mas uma espécie de não ciência: não tem início ou fim; é a divisão silábica das coisas vividas, a pronúncia exata do vazio, quando não consegue – porque não quer – permanecer em silêncio. A poesia fala mais quando emudece e se insinua no abismo dos corações que perderam seus caminhos, emparedada nos trêmulos pensamentos sobre a impotência da palavra de fazê-los viver. A poesia não tem qualquer amarra com a verdade, a não ser o fato de que, quando raramente a encontra, ela exclama; sussurra algo sobre o amor que não conhece, enquanto o contém. Seja como for, não, a poesia não pode dizer, mas apenas viver. A poesia sugere, sangra, enfrenta a prova de acenar para tudo que não se deixa dizer; ela não se comunica, mas ergue o véu do indizível, faz saber que, além de cada palavra conhecida, além de suas ruínas, no exato limite em que a fala desvanece, tem início a verdadeira aventura da comunicação poética, revestida sempre de empatia, de coabitação simpática, um e outro, um com outro.

A poesia é o vapor no espelho a partir do qual a lágrima se inflama...

***

E quem é o autor dissimulado dos poemas deste livro?

Nascido numa pequena aldeia romena próxima do Danúbio, onde guardou o ponto inicial de um sonho que depois perseguiu, torturado sempre com o sabor do inverossímil. Esse poeta começou a desenhar alguns relâmpagos numa terra cheia de maravilhas, com suas colinas cobertas de plantas, ricas de felicidade, junto ao vale por onde passa um riacho, ao longo do qual existem ainda moinhos de água, como há séculos, e sobretudo um céu que se pode quase tocar, vivo, kantianamente aberto para o espírito de um menino em busca de verdades não facilmente digeríveis.

Ele começou com o canto (a magia do folclore que ainda não se perdeu) e aos poucos chegou ao verso, primeiro em forma de pequenos traços com alguns colegas na escola, vindo, em seguida, as inesquecíveis descobertas-confrontos com os poetas autóctones (em primeiro lugar Eminescu, Bacovia, Blaga) e universais (Leopardi antes de Dante, Rilke, Hölderlin). Um orgulho corajoso não tanto de confrontar-se com eles, mas simplesmente de testar a língua sobre sentimentos e sensações vividos naquela insubstituível terra natal (Heimat).

Ele jamais desejou ser "poeta profissional"; e por isso muito escreveu e jogou fora, perdeu muita coisa, como o gesto de uma árvore que se desfaz das flores antes de dar frutos. Para ele escrever, antes mesmo de decidir guardar alguma coisa, é uma *kenosis*, puro e profundo exercício de conhecer a si mesmo, de se autodefinir na relação de si com o Outro, por meio da gratuidade, que chega somente mais tarde (se e quando!) para tornar a redescobri--la na escritura poética como tal.

Com o passar do tempo seu orgulho se gastou, assustado, tal como agora, diante do esforço desumano de escrever e pensar poeticamente o mundo: como entender e aceitar aquela carga quase insuportável do fazer poético, como assumir serenamente um ato, a escrita poética, que não é mais que um crime, e de igual peso taumatúrgico?

O ato poético, no entanto, é em primeiro lugar um terrível confronto – e também uma afronta – com a Natureza, se é verdade, como disse Andrea Zanzotto, que "antes de Babel, antes do Dilúvio, deve ter existido uma escritura composta dos próprios sinais da natureza, escritura primitivamente natural, de que as escrituras esotéricas conheceram a memória dispersa. É para aquela escritura que a poesia deseja voltar...".

A poesia não deve mudar o mundo nem sequer melhorar a condição humana, tampouco ser uma alternativa, mas simplesmente uma *medicina naturans*, uma saída do círculo impossível do destino. A poesia destrói a ilusória escala de valores ditados pela moda, inverte o avesso mediante o retorno da tradição, recusa o perigoso jogo de dados e assume apenas um único risco: um halo por meio do qual a luz da Palavra é filtrada, quando esta se encarna dentro de um verso que tangencia o divino.

GEORGE POPESCU

CALIGRAFÍA
SILENCIOSA

CALIGRAFIA SILENCIOSA

L'ESPACE DU DEDANS

E calea pe care n-am mers
deşi eram acolo:
cu tata pe care îndoiala îl muta
pe câmp în seri anonime

şi-abia acum când
cu dimineaţa de mână
mă caut printre măslinii înfometaţi
Peintre pour me parcourir
cu Henri Michaux topit în chipul
pe care amintirea mea nu-l recunoaşte

abia acum lângă tufa murdară de roze
prăbuşite şi ele într-un somn vinovat
tata e de-acum o mânăstire pustie

L'ESPACE DU DEDANS

É o caminho que não percorri
embora estivesse lá:
com meu pai levado pela dúvida
no campo das tardes anônimas

somente agora
de mãos dadas com a manhã
procuro a mim mesmo nos olivais famintos
Peintre pour me parcourir
com Henri Michaux fuso em meu rosto
que a memória não reconhece

somente agora no tufo sujo de rosas
afogadas no sono da culpa
meu pai é um mosteiro deserto

SOMN RĂSUCIT

Zice că a privit – „nimic n-a văzut!"
pe poarta casei bătrâne
îngerul n-a lăsat nici un semn
nici un semn n-am găsit de la vreun înger
pe poarta bătrânei noastre case.

SONO INTROVERTIDO

Diz que olhou – "não viu nada!"
    no portão da casa antiga
o anjo não deixou sinal
não encontrei sequer um sinal do anjo
no portão de nossa casa antiga.

LA MASĂ CU DUMNEZEU

Chipul acesta nu mai are nici o fereastră
furnica a cărat prin pulberea verii
grăunții rumeni ai deznădejdii
ai spaimei ai iubirii ai morții.

însă în marginea hârtiei fotografice
încă tresare un picur din bucuria
ce-a stat cândva la masă cu Dumnezeu.

ca un halou cu care marea nu vrea
să se mai târguie.

À MESA COM DEUS

Este rosto não possui mais janelas
a formiga levou no pó da estação
os grãos vermelhos do desassossego
frente ao medo do amor da morte.

E todavia à beira da foto
ainda salta uma gota de felicidade
que outrora conviveu à mesa com Deus.

Tal como um halo com quem o mar já não deseja
fazer negócio.

PROBĂ DE OM

Pe negrul intens și tăcut ca noaptea
unei iubiri risipite
nici un cuvânt
doar nasul împins spre un cer nevăzut

zigom strâns în această imagine
ce-ți cade în pântec cum cade un câine
îndoliat pe pragul ultimei sale voințe
de a se face om.

PROVA DE HOMEM

Na densa e silenciosa escuridão como a noite
de um amor desperdiçado
sequer uma palavra
só o nariz erguido na direção de um céu invisível

zigoma apertado nesta imagem
que cai no teu ventre como um cão
magoado na soleira de sua última vontade
de tornar-se homem.

CUȚITUL NEMILOS
ȘI GRIJILE MECANICE

Răsfățată, da: cuțitul însă
a tăiat aici adânc – până la os
până în prundul ființei uitate
cuțitul nemilos a tăiat zile și nopți

însă pe colina incendiată de roze
Domnul își domolea suspinul

își liniștea suspinul pe colina
gravidă de roze Domnul strivit
și el de grijile mele mecanice.

A FACA IMPIEDOSA E AS PREOCUPAÇÕES MECÂNICAS

Viciada, sim: a faca no entanto
cortou bem fundo aqui – até o osso
no cerne do ser esquecido
a faca impiedosa cortou dias e noites

e contudo na colina abrasada de rosas
o Senhor aplacou seus suspiros

serenou seus suspiros na colina
grávida de rosas também o Senhor
esmagado com minhas preocupações mecânicas.

CERUL PE MÂINI

Doar fum în zarea absentă
cu măceși răsuciți spre ei înșiși:

și ceața care nu mă recunoaște
și cerul pe mâinile acestor străini
sosiți prea târziu pe turnesolul
bolii mele neașteptate.

Și cum să mă apăr de ei?

Dacă în sufletu-mi ars de iubire
speranța dă muguri în azurul somnoros
dacă dinspre pădure zboară direct pe pânză
licuricii verii ce-a fost atunci demult
o bucurie fără de margini

Cum să mă apăr de ei când
sabia cea ticăloasă stăruie-n mine

și ascult cum prezentul ilar
o ascute pervers pe țurțurii
inimii împietrite de spaimă?

O CÉU NAS MÃOS

Fumaça no horizonte ausente
com rosas-caninas retorcidas:

a névoa que não me reconhece
e o céu nas mãos desses estrangeiros
que chegaram tarde demais ao girassol
de minha doença inesperada.

Como defender-me de todos?

Se em minha alma abrasada de amor
a esperança brota no sonolento azul
se voam do bosque em toda a tela
vagalumes de um verão que foi
outrora uma alegria sem fim

Como defender-me de todos
quando a tíbia espada permanece em mim

quando ouço o presente hilário
afiá-la perversa nas estalactites de gelo
do coração álgido de medo?

MOARTEA VINE ŞI PLEACĂ

Moartea vine şi pleacă
însă sub mâna care întinde chipuri grele
pe pânza ca o mare fără de margini
nu va găsi nici un nume;

chipuri – în-chipuiri / singuratice
şi apa izbind în pereţii casei
pe care perspectiva n-o mai cuprinde

jos acolo unde gândul tău
dă ocol unei nelinişti insalubre
semnătura dă rod mai înainte să plece
în lume

şi-abia dacă în sala acum pustie
a mai rămas un nume – al tău –
rătăcind pe coridoarele unei tăceri asurzitoare

moartea vine şi uneori nu pleacă:

rămâne aici ca-ntr-un refugiu strâmt –
muritoare şi ea pentru câteva ceasuri

A MORTE CHEGA E VAI-SE EMBORA

A morte chega e vai-se embora
    mas sob a mão que aduz árduas imagens
na tela como um mar sem fim
    não vai encontrar um só nome;

    rostos – projeções / solitárias
        e a água que bate nas paredes da casa
que a perspectiva não alcança

lá embaixo onde teu pensamento
retém um rumor insalubre
a assinatura dá frutos antes de seguir para
        o mundo

na sala agora deserta
restou apenas teu nome
perdido nos corredores de um surdo silêncio

a morte chega e vai-se embora:

detém-se aqui como num breve refúgio –
ela também mortal por algumas horas

vine și pleacă însă uneori
pleacă uneori rămâne aici la noi
să ne iscodească despre una alta
cine se mai plânge prin vecini
cine nu și-a plătit impozitul pe profitul
vieții asteia de tot rahatul...

-se abeira intermitente e vai-se embora
volta e se demora conosco
para medir este ou aquele
quem briga com os vizinhos
quem não pagou o imposto de renda
desta vida tão miserável...

EXPERIMENTUM CRUCIS

Aici trebuie să fi fost mâna albastră
şi dincolo fereastra care dădea spre nicăieri:

jos, o răzvrătire de aştri – în locul în care
negrul e tăciune stins al biografiei uitate.

Viaţa? Un petic de hârtie fotografică
cu urmele unui vânt întinat.

Numai carnea ştia iubirea – cruda iluzie

la capătul funiei un cer gol şi
la amurgul mâinii tale stângi
amurgul unei alte mâini stângi:

pe sârmă precaritatea era o fetişcană şuie
limpede ca măslina pe pervazul
unei zile fără memorie.

EXPERIMENTUM CRUCIS

Devem ter encontrado aqui a mão azul
além da janela que não dá a lugar algum:

lá embaixo, uma rebelião dos astros – lá onde
o negror é um tição apagado de uma biografia
    [esquecida.

A vida? Um resto de fotografia
com rastros de vento enlameado.

Somente a carne conhecia o amor – cruel ilusão

onde termina o fio um céu vazio e
o ocaso de tua mão esquerda
o ocaso de outra mão esquerda:

no fio de ferro da precariedade havia uma altiva jovem
clara como uma azeitona no peitoril
de um dia sem memória.

O DISPERARE ÎN PLUS

În tăcerea care-şi refuză zborul
mâna mea e doar un strigăt
o disperare în plus în vacarmul
nălucilor fragede. ca noaptea
pe pânza pe care mă zidesc.

„nici un chip" – spui tu – doar
o figurare de existenţe posibile

dar nu-i aşa – îţi răspund –
cu privirea adâncă a amintirii
dacă sapi în arheologia aceasta
pe care transparenţa o face şi a ta
vei descoperi – numai să vrei –
numai să poţi să mai vrei
vei redescoperi toate acele existenţe sărmane
ce scut şi zid de apărare mi-au fost
în magica vreme a unicei pietăţi.

UM DESESPERO A MAIS

No silêncio que se recusa ao voo
minha mão não passa de um grito
um desespero a mais no clamor
das ilusões frescas, como a noite
na tela onde me levanto.

"Nenhum rosto" – disseste – apenas
uma figuração de existências possíveis

mas não é assim – respondo –
com o olhar profundo da memória
se cavares nessa arqueologia
que a transparência também faz tua
irás descobrir – basta que o desejes –
basta que possas ainda querer
irás redescobrir todas as pobres existências
que me serviram de escudo e muro de defesa
no tempo mágico de uma só piedade.

FLUTURI ORBI

Dentro al cristallo che'l vocabol porta,
cerchiando il mondo, del suo caro duce
sotto cui giacque ogne malizia morta...

Dante, Paradisul, XXI, 25-27

Cum se va fi numit un fluture în limba fluturilor?
Fluture? Aşa pur şi simplu?
Şi ce va fi însemnând fluture? În limba lor, desigur.
Nu ştiu. Ceea ce ştiu însă e că într-un iunie, şi el, fără nume,
pe colinele din împrejurimile L'Aquilei, în inima Italiei,
un trandafir mi-a vorbit: "Cineva ştie – mi-a zis – , cineva
stă la taclale cu fluturii. Cu cei vii şi cu cei care
[nu mai sunt.
Cu cei solemn coloraţi, cu cei premiaţi, încoronaţi
– prinţi şi ei ai unei arte fără de nume (*sine nomine*,
[adică) –
cu cei sărmani, orfani, văduvi, exilaţi, emigraţi,
[încarceraţi
dar mai ales cu cei orbi. Stau la taclale în nişte zile
dintr-un calendar inventat. Îşi spun poveştile, mai
[vechi şi
mai noi, îşi amintesc de copilării imperiale într-un sat

BORBOLETAS CEGAS

Dentro al cristallo che´l vocabol porta,
cerchiando il mondo, del suo caro duce
sotto cui giacque ogne malizia morta...

Dante, Paraíso, XXI, 25-27

Como se dirá borboleta na língua das borboletas?
Borboleta? Pura e simplesmente?
E qual o significado de borboleta? Na língua delas, é claro.
Não sei. O que sei é que num mês de junho sem nome,
nas colinas próximas de Áquila, no coração da Itália,
uma rosa me disse: "há quem saiba – disse –, há quem possa
conversar com as borboletas. Com as vivas e com as que
    [já não existem.
Com as de colorido solene, premiadas, coroadas
– princesas de uma arte sem nome (justamente *sine*
    [*nomine*) –
com aquelas pobres, órfãs, viúvas, exiladas, presas,
    [emigradas
e sobretudo com as cegas. Conversam ao longo dos dias
dentro de um calendário que elas inventaram. Contam
    [fábulas, velhas e
novas, evocam infâncias imperiais numa pequena aldeia

abruzzez unde câinii încă mai erau câini, caii,
[cai,
prunii, pruni, iar oamenii trăiau într-o
[armonie divină
cu merii, cu măslinii, cu râurile și cu toți copacii
pe crengile cărora păsările le mimau pietatea".

Un trandafir mi-a vorbit într-o dimineață de iunie *sine nomine* în Abruzzo, lângă L'Aquila, pe când, ieșind dintr-un somn de copil regăsit, îmi răcoream la umbra lui oboseala mea de poet rătăcit:

„Întreab-o pe Lea (in)Contestabile: pe retinele ei germinează o artă și în straniul ei cod fluturii își scriu într-o caligrafie tăcută straniul lor nume..."

do Abruzzo quando os cães ainda eram cães, os cavalos,
    [cavalos,
as ameixas, ameixas, e os homens partilhavam uma
    [divina harmonia
com as macieiras, oliveiras, riachos e todas as árvores,
em cujos ramos os passarinhos mimavam a piedade".

Uma rosa me disse numa certa manhã de junho
sine nomine no Abruzzo, perto de Áquila, quando
eu regressava de um sono de menino, que voltei a encontrar
e sob cuja sombra, refrescava meu cansaço de poeta perdido:

"Pergunte a Lea (in)Contestabile: em suas retinas
uma arte germina e em estranho código
as borboletas redigem numa caligrafia silenciosa
seu estranho nome..."

ARS
MORIENDI

ARS MORIENDI

IARNA ÎNGHITE CRIMA

Drumul pe care merg
poartă pe piept
crucea de lacrimi
pe care un suspin
salută steagul disperării

de unde vin am uitat
şi numai piatra aceasta
cu gust marin
mă apără de mine –

în orfanitatea lui Mario Luzi
iarna înghite crima

O INVERNO ENGOLE O CRIME

A via por onde ando
põe no meu peito
a cruz de lágrimas
onde um suspiro
acena ao estandarte do desespero

esqueci de onde venho
e apenas esta pedra
de sabor marinho
me protege de mim –

na orfandade de Mario Luzi
o inverno engole o crime

MARGINEA SE REVOLTĂ

Nu eu sunt alesul
și
nu tu ești cel așteptat

aici
în acolada în care
cad duminică
îngeri fragezi
cu aripi de maci
tremură limfa
se revoltă molia
infinitei cânepe cerești
un relief accidentat

A MARGEM SE REBELA

Não sou o escolhido
e
não és o esperado

aqui
neste parêntese onde
caem no domingo
anjos delicados
com asas de papoulas
treme a linfa
revolta-se a traça
do interminável cânhamo celeste
um relevo acidentado

NUMAI FOAMEA ÎNFLOREŞTE

Locuiesc singur
purgatoriul famelic
încă setos şi încă trădat:

cu braţele mele am ucis
trandafirul bolnav de speranţe

iluzia nu mă priveşte
speranţa are picioare scurte
numai foamea înfloreşte
în ochii copilului abandonat

cu Giacomino cerşesc fragilitatea
acestei luni hazlii
gemând de caisele
unei copilării de prisos

SOMENTE A FOME FLORESCE

Habito solitário
o purgatório famélico
traído e com sede maior:

matei com meus braços
a rosa doente de esperanças

a ilusão não me concerne
a esperança tem pequenos pés
somente a fome floresce
nos olhos do menino abandonado

com Giacomino mendigo a fragilidade
dessa lua burlesca
gemendo por causa dos pêssegos
de uma infância inútil

ADORMIREA SEMNULUI

Iarba se ridică
din nisipul spaimei
și fuge prin ghimpii
unei inocențe fără hotar

apuc râul de pletoasele-i sălcii
și-l mut mai aproape
de numele tău
către destinul unei pietre uitate

numele meu pleacă
fluierând prin trestirișul
acestei atopice favele a
lui Marco:

semnul adoarme
sub secara ochilor tăi
de copil
abandonat de îngerul spaimei

O ADORMECER DO SINAL

Ergue-se a relva
do areal do medo
e foge por entre espinhos
de uma inocência que não tem fim

apanho o rio pelos salgueiros-chorões
e o levo às cercanias
de teu nome
para um destino de pedra esquecida

meu nome vai-se embora
assoviando pelo canavial
dessa atópica favela
de Marco:

o sinal adormece
sob o centeio de teus olhos
de criança
abandonado pelo anjo do medo

ARDEREA DE UNGHII

Pe frunzele înghețate ale serii
nu se mai găseau decât brațe învinse

melci sterpi şi coji de îngeri
în cenuşa ierbii duşmane

o stea pustia în ochii
de tablă ai străinului

secera verii bolnave
stingea remediul
unui prunc sfânt
în tăişul albastru
memoria îngâna rugina amintirii
eram mort şi nu ştiam
piatra de pe frunte scria
pe cerul vecin
o hieroglifă de adio

UNHAS EM CHAMAS

Nas folhas geladas da noite
já não se encontram mais que braços vencidos

estéreis caracóis e cascas de anjos
nas cinzas da inimiga relva

uma estrela solitária nos olhos
de lata do estrangeiro

a foice de um verão enfermo
pôs fim ao remédio
de um feto sagrado
no corte azul
a memória murmurava a ferrugem da lembrança
eu estava morto sem saber
a pedra junto à fronte ditava
no céu próximo
um hieróglifo de adeus

SĂRBĂTOAREA DEZASTRULUI

Ca şi cum gura ta
nu mi-ar cunoaşte pasul

moare ora promisă
în dinţii unui mut

vinul aşteaptă gura pelegrinului
însetat de boală

iarba renaşte în sicriul gol
staulul huruie

o carte amuţeşte în mâinile
dansatoarei uitate
pe un câmp între
anii ştirbi ai unei tinereţi netimbrate

hoţul de ieri
vinde zile furate
unui calendar însângerat

ceea ce vezi e
doar sărbătoarea dezastrului

A FESTA DO DESASTRE

Qual se tua boca
não soubesse meus passos

a hora prometida morre
nos dentes de um mudo

o vinho aguarda a boca do peregrino
sequioso de doenças

a relva renasce no féretro vazio
o presépio ressoa

um livro emudece nas mãos
da dançarina sem memória
num campo de
tempos sem dentes de uma juventude a que
    [faltaram selos

o ladrão da véspera
vende os dias roubados
de um calendário em sangue

o que vês é
apenas a festa do desastre

INSIDIOSUL PACT CU IARBA DUMINICALĂ

E mult fum în micul bar

prin vitrină îngeri noi
mimează eternitatea
prin cartoane în care zumzăie
efemerul în reclame arse de ger

la măsuța din colț
o rochie tânără îmbracă tăcerea
adolescentei moarte de ieri

cineva poartă spre gura
fragilei libertăți
paharul greu al spaimei

surâsul tău înflorește
lângă petala ratată
a trădării smulse
unui pact dureros
cu iarba duminicală

asediind gelatina ce ne inundă

PACTO INSIDIOSO COM A RELVA DOMINICAL

Tanta fumaça no pequeno bar

na vitrine novos anjos
imitam a eternidade
nos cartazes por onde zune
o efêmero em propagandas queimadas de gelo

na mesinha do canto
um jovem vestido abraça o silêncio
da adolescente que morreu ontem

alguém leva à boca
da frágil liberdade
o pesado copo do medo

teu sorriso floresce
junto à pétala caída
da traição arrebatada
por um sofrido pacto
com a relva de domingo

no cerco da gelatina que nos cobre

FERICIREA DE DUPĂ MOARTE

O cafea fără lacrimi aproape
imposibil de băut –
în săracul bar din Assis:

femeia de la masa vecină
(toată azurie: îmbrăcată în cerul
care
prin ochiul sordid al ferestrei
îmi face cu mâna)
îmi spune:

n-am trăit mult – *tu tremuri
în ciobul unei amintiri nepoftite –
dar bucuria nu m-a ocolit*

ascult din locul meu clandestin
cum Brazilia aruncă spre margini
prelungi fâşii de suspine
ce i-au strivit destinul

*hei, n-am murit dacă asta-ai crezut
deşi*

A FELICIDADE DEPOIS DA MORTE

Um café sem lágrimas quase
impossível de beber –
no pobre bar de Assis:

a mulher da mesa ao lado
(toda de azul: vestida de céu
que
pelo olho sórdido da janela
me acena)
diz para mim:

não vivi muito – e tremes
no que ficou de uma lembrança não convocada –
mas a felicidade nunca me faltou

ouço de meu lugar clandestino
como o Brasil envia para a margem
prolongadas faixas de suspiros
que o destino esmagou

ah, não morri se tal supuseste
mas

acum
trăiesc
fericirea de după moarte

zice

şi nu ştiu de ce
în rochia aceea a ei numai cer
am regăsit funinginea
unei Veneţii divorţate
de porumbeii cărora nici eternitatea
nu le-a fost de folos

Venezia sterilă şi aspră
din visul cu tine

şi cuţitul alb în carnea
insomniei fără de leac

hoje
vivo
a felicidade depois da morte

diz para mim

e não sei por que
naquele vestido de céu absoluto
tornei a encontrar a fuligem
de uma Veneza divorciada
dos pombos a quem sequer a eternidade
prestou socorro

Veneza áspera e estéril
que sonhei contigo

e o branco punhal na carne
da insônia sem remédio

SEDUC SÂNGELE HOMERIC

Les actions du poète ne sont que la conséquence
des énigmes de la poésie.
René Char

Pe Cassandra n-a luat-o nimeni de mână
(la țărm răsunau cântări de cheflii
prea triști ca să privească luna)

maci negri fumegau în covata verii
ce sta să vină: examen al frunzei
în zăpada azură

pe dosul paginii se mai văd
intraductibile plăgile poetului
pensionat de zeii potrivnici

orbit de asfaltul care-mi seduce
peticul de liniște prelins
în estuarul unui vers trecut
de ghilotina prezentului năprasnic

ESTOU SEDUZINDO O SANGUE HOMÉRICO

*Les actions du poète ne sont que la conséquence
des énigmes de la poésie.*
René Char

Ninguém tomou Cassandra pelo braço
(ecoavam junto à margem canções de bêbados
tão tristes para ver a lua)

negras papoulas deitam fumaça nos ninhos do
    [verão
prestes a chegar: a prova das folhas
junto à neve azul

no verso da página ainda se veem
as intraduzíveis chagas do poeta
aposentado pelos férreos deuses

cego pelo asfalto que me seduz
esboço de silêncio orvalhado
no estuário de um verso que passou
na guilhotina do presente em tempestade

seduc sângele homeric
de prin tavernele arse de spaimă

şi cine-a mai stat pe pietrele arse
ale poveştii ce-a înghiţit
mari hălci din profeţia
acelei moarte eterne?

în paharul străinului
se otrăveşte vinul în aşteptare

estou seduzindo o sangue homérico
numa taberna crestada de medo

quem mais passou nas pedras ardentes
da fábula que engoliu
grandes partes da profecia
daquela morte eterna?

no copo do forasteiro
o vinho se envenena na espera

TRĂSURA CRIMEI

Nu e o crimă: vei vedea în dosul
paginii
depoziția unui greier
copilăros. pe margini –
hieroglifele toamnei împăturite
cu grija unui grădinar
care-a stat mulți ani fără slujbă.

îți vei pierde ochii:
dar în jarul memoriei
vei continua să vezi aripi și pești.
în spatele uscat al pădurii –
cârd de regrete și carnagii.
nimic mai puțin. bulbi și săruturi
cadavre de dorințe uitate. nimic mai puțin.

a sosi la timp: n-a fost tocmai alegerea potrivită.
iarba și-a înmormântat lenea ștrengară.
ai privit în apa vie a tăcerii
și mâna veche s-a întors
spre tine cu o uimire de necucerit.

A CARRUAGEM DO CRIME

Não é um crime: verás no verso
da página
o testemunho de um grilo
infantil: nas margens –
os hieróglifos do outono protegidos
pelos cuidados de um jardineiro
que de há muito não trabalha.

vais perder os olhos:
mas nas brasas da memória
seguirás a ver asas e peixes.
no fundo seco da floresta –
rebanho de desgostos e carnificinas.
somente – bulbos e beijos
cadáveres de desejos ocultos – somente.

chegar a tempo: não foi a melhor escolha.
a relva sepultou sua pândega preguiça.
olhaste para a água-viva do silêncio
e a antiga mão voltou-se para ti
com uma inconquistável maravilha.

a privi, deci: înfulecare aspră
din fructul gol –
a scrie ca a te ridica în picioare
de pe un prund străin

a descrie crima dintr-o trăsură dispărând
în praful amiezii umede.

olhou, enfim: o rude abocanhar
do fruto vazio –
escrever como quem se põe de pé
num areal estrangeiro

descrever o crime dentro de uma
    [carruagem que desaparece
na poeira de uma tarde úmida.

DEZORDINEA FRICII

Qui convertit l'aiguillon en fleur arrondit l'éclair.
René Char

Brațul omului învechit
sub povara acestei dimineți ştirbe

cerşetorul din colț caută somnul
în cenuşa unui alfabet de copil
vremea şi-a făcut culcuş nou
în trestirişul ieftin al vorbei

ocară a clipei prea repezi
pe calul fierbinte al aşteptării

desculț vers sub cerul desculț
sapă trudit la temelia cristalului

mişcarea râmei întinde
albe pânze peste dezordinea fricii

din manuscrise arabe
se-aprind lujerii unei
nechibzuințe siderale

A DESORDEM DO MEDO

Qui convertit l'aiguillon en fleur arrondit l'éclair.
René Char

O braço do homem antiquado
sob a pobreza dessa manhã sem dentes

o mendigo na esquina busca o sono
nas cinzas de um alfabeto infantil
o tempo edificou sua morada
junto ao canavial escasso da palavra

ultraje do instante inesperado
sobre o ardente cavalo da espera

verso descalço sob céu descalço
cava exaustivo e chega ao imo do cristal

quando se move o caracol espalha
telas brancas na desordem do medo

nos manuscritos árabes
acendem-se as hastes
de uma sideral dissipação

ANANASUL SFIDEAZĂ...

Numai lenevia iubirii ignoră omul

ananasul care sfidează
gloata aici, în centrul lumii, la Rio,
stă mărturie: stă de veghe
prin unghere apărate de ploi
cuțitul sărăciei: pe câmp
secara psalmodiază spaima

a mea e întreaga durere
a acestui ocean înfometat

O ABACAXI DESAFIA...

Somente a acídia do amor ignora o homem

o abacaxi que desafia
o rebanho aqui, no centro do mundo, no Rio,
é testemunha: está desperto
entre os becos protegidos da chuva
o punhal da pobreza: no campo
o centeio ergue um salmo para o medo

é minha a dor inteira
desse esfomeado oceano

PROBĂ DE IDENTITATE

Hristos-munt, Deborah,
cu frumusețea ta trudită
a fost colina ce-a luat cuvântul
în bezna dinăuntrul meu

blândețea aceea a ta
de Heraclee gravidă de taină
este tăcerea zgomotoasă
care ucide sacrul cuvânt
al unei pietre explozive
în trista bucurie a rozei tăcute

cine vorbește și cine tace – nimeni nu știe –
în brațele râului ce nu există
ațipește visătorul
cu capul pe mănăstire
prizonier de-acum
al acestei străzi ce deschide
unica aventură nemiloasă

PROVA DE IDENTIDADE

O Monte-Cristo, Deborah,
com tua frágil formosura
a colina tomou a palavra
nas trevas de meu interior

tua delicadeza tímida
de Heracleia misteriosa
é o silêncio ruidoso
que mata o verbo sagrado
de uma pedra explosiva
no êxtase triste de uma rosa silenciosa

quem fala ou silencia – ninguém sabe –
nos braços do rio inexistente
o sonhador adormece
com a cabeça no mosteiro
prisioneiro do agora
dessa mesma estrada que descerra
a única aventura dolorosa

ȘOARECELE LUI KAFKA

Și dacă-i adevărat că lumea devine
tot mai îngustă
unde e îngerul atât de așteptat?

cine păzește albul cuțitului?

cine va mai avea voința de-a cânta?
și cine va trânti marile porți ale zăpezii?

hoțeasca mână a vânătorului ceresc
dăruiește scribului
tot râul unei vieți muritoare

e pe punctul să sosească un cuvânt nou
pe cioburile unei oglinzi uitate

chipul nimănui zboară – zboară și cade –
în codrul dușman unde copilăria mea
își joacă norocul la zaruri

O RATO DE KAFKA

Se for verdade que o mundo fica
mais estreito
aonde irá o anjo tão esperado?

quem há de vigiar o branco da faca?

quem ainda terá vontade de cantar?
e quem irá bater as grandes portas da neve?

a mão furtiva do caçador celeste
oferece ao escriba
o rio de uma vida mortal

uma palavra nova está para chegar
nos pedaços de um espelho esquecido

o rosto de ninguém voa – voa e desaba –
no bosque inimigo lá onde minha infância
segue a jogar os dados da sorte

NOTA

Caligrafia silenciosa abrange dois conjuntos de poemas: "Caligrafia Silenciosa" e "Ars Moriendi". O primeiro foi escrito entre a Itália e a Romênia, de 2002 a 2005, e o segundo nasceu de uma viagem de George Popescu ao Rio de Janeiro e a São Paulo, no ano de 2005, para uma série de conferências literárias. Donde as alusões à cidade de Assis, ao Corcovado e ao tradutor deste livro.